LETTRE

D'UN
GENTIL-HOMME SUEDOIS,

A

M*** MAISTRE

DE LA LANGUE FRANÇOISE,

SUR

LA NOUVELLE TRAGEDIE

D'ŒDIPE,

A PARIS.

Chez ANDRE' CAILLEAU, Libraire,
Quay des Auguſtins, à l'Image
Saint André.

AVEC APPROBATION ET PERMISSION.

L

ENT

M'

[illegible]

la N

I

[illegible]

je pr
[illegible]don
[illegible]ou
[illegible]eurs
[illegible]

LETTRE

D'UN

GENTIL-HOMME SUEDOIS,

A

M*** MAISTRE

DE LA LANGUE FRANÇOISE,

SUR

LA NOUVELLE TRAGEDIE

D'ŒDIPE.

M***

Je profite de la permission que vous m'a-
vez donnée de vous proposer les difficultez
qui pourroient s'offrir à mon esprit sur les
Auteurs François, dont vous m'avez con-
seillé la lecture pour me perfectionner dans

les principes que vous m'avez donnés de
cette Langue si reverée de tout l'Univers,
& que les Peuples mêmes les plus policez
font gloire d'apprendre : malgré les foins
que vous avez pris pour me la rendre auffi
naturelle que la mienne, par une affection
qui tient plus de l'ami que du Maître, &
malgré le travail affidu auquel je m'affujettis
avec plaifir pour tâcher de remplir votre
attente, je trouve à chaque inftant des dou-
tes qui feroient capables de me rebuter, &
que vous pouvez diffiper. Une perfonne
avec qui j'ay eu une étroite liaifon pendant
le féjour que j'ai fait en France, s'eft jufqu'à prefent acquittée avec beaucoup d'e-
xactitude de la commiffion qu'elle a bien
voulu prendre de m'envoyer toutes les
nouveautez ; c'eft par elle que l'Oedipe de
M. de Voltaire eft parvenu jufqu'à nous,
elle m'a mandé qu'elle avoit eu un fuccès
incroyable, & l'éloge de M. de la Motte
imprimé au commencement du Livre fembleroit exiger de tout Lecteur une approbation aveugle par la déference qu'on doit à la
décifion d'un genie auffi fuperieur ; mais, ou
les Régles de la Grammaire que vous m'a-
vez enfeignées ont efté changées depuis
mon départ, ou je les ai entierement ou-
bliées, ou le nouvel Auteur a cru pouvoir
fe mettre au-deffus de ces Loix fcolaftiques

pour donner l'essor à sa verve ; car il me semble qu'elles n'y font que legerement obfervées. Le premier coup d'œil, ou pour mieux dire, la premiere lecture de cette piece m'a fait plaifir ; cependant comme il ne convient point au peu de connoiffance que j'ay d'une Langue fi riche & fi belle, de porter un Jugement fur un Ouvrage fi relevé par les éloges des Approbateurs ; je le fufpens jufqu'à ce que vos lumieres l'ayent déterminé, & j'aime mieux paffer pour un Ecolier qui ne fçait point faire le difcernement des belles chofes (fi ma lettre venoit à tomber en d'autres mains que les vôtres) que de donner en fade adulateur mon fuffrage à ce qui eft, ou au-deffus de la portée de mon efprit, ou qui dans le fonds n'eft pas tout-à-fait de mon goût.

Pour entrer en matiere à l'ouverture du Livre.

ACTE I. SCENE I.

D I M A S adreffant la parole à PHILOCTETE.

Vous dans Thebe, Seigneur ! Eh qu'y venez-vous faire?
Nul mortel n'ofe ici mettre un pied temeraire.

Je vous avoüeray, Monfieur, que je n'aime point ce *pied temeraire*, l'Epithete me paroît peu convenable au pied, il me femble qu'elle ne peut fe donner tout au plus qu'à la main, lorfqu'elle prend certaines libertez non permifes. Seroit-ce ici le cas où l'on pourroit élegamment prendre la partie pour le tout ?

> Ces climats font remplis du celefte couroux,

Le mot de *remplir* me paroît impropre, & l'imagination, quelque vafte qu'elle foit, ne peut fe figurer le couroux des Dieux capable de remplir tout le Royaume de Thebes ; l'expreffion la plus convenable felon moy étoit de dire

(ou bien)
> *Ces climats font en butte au celefte couroux,*
> *Tout reffent dans ces lieux le celefte couroux.*

PHILOCTETE à DIMAS.

> . . . ce féjour convient aux malheureux,
> Va, laiffe-moy le foin de mes deftins affreux,
> Et dis-moy fi des Dieux la colere inhumaine
> A refpecté du moins les jours de votre Reine.

J'ay toujours oüi dire que nous n'avons qu'une deftinée à remplir, heureufe ou malheureufe, & qu'on n'employe deftin au plurier qu'avec le pronom collectif, *nos*, ou l'article *les* ; on peut bien être accablé de mille malheurs differens, mais tous fe rapportent à un feul, & même deftin, & n'en conftituent pas plufieurs,

> Laiffe-moy le foin de mes deftins affreux.

Si pour fe faire une heureufe deftinée il faut des foins & des peines, on ne peut difconvenir que pour en remplir une malheureufe, il ne faut que laiffer agir le fort fans ſe donner aucun ſoin. Le mot de *ſouci* conviendroit mieux, ce me ſemble; mais la penſée ne ſeroit-elle pas plus vive dans un Prince qui ſe dit du nombre des malheureux, de s'exprimer ainſi ;

Eh ! qu'ay-je à redouter de mon deſtin affreux !

Puis par un mouvement de l'amour qu'on ſuppoſe qu'il a pour Jocaſte, & par l'inquietude où il doit être de ſon ſort ;

Mais , que dis-je ? ... des Dieux la colere inhumaine
A-t-elle reſpecté les jours de votre Reine ?

De cette maniere l'Auteur eut évité un *va* , mot populaire, qui me paroît une vraie cheville, & de tomber dans une faute que vous m'avez fait enviſager comme fort groſſiere : ſçavoir, de tutayer , *va , laiſſe-moy , dis-moy* , & d'uſer du mot de *votre* dans une même periode,

DIMAS...

Ouy , Seigneur , elle vit ; mais la contagion
Juſqu'aux pieds de ſon Trône apporté ſon poiſon.

Je trouve quelque choſe de bas dans le Verbe *apporte* ; *répand* me paroîtroit plus propre au ſujet, mais il ne conviendroit point à la cadence du vers ; n'auroit-on pas pû employer celuy de *exhale* ?

DIMAS...

A répandre des pleurs nous étions occupez.

Toute occupation préſuppoſe une tenſion de l'eſprit; or, pleurer eſt une action naturelle qui ſe fait ſans que l'eſprit ait part aux pleurs, mais ſeulement au ſujet qui peut les cauſer; il valoit donc mieux dire,

De nos cruels malheurs nous étions occupez.

Et non pas à répandre des pleurs, d'autant que le propre des grandes douleurs eſt d'empêcher de pleurer.
Quand, &c.

Un monſtre (loin de nous, que faiſiez-vous alors ?)

Je m'étonne, Monſieur, qu'un Auteur que l'on compare à Corneille & à Racine ne ſe ſoit point fait un ſcrupule d'emprunter cette penſée du Recueil des Noels; car je ne mets point de difference entre,

Or nous dites Marie, où étiez vous alors ?

E T

Un monſtre (loin de nous que faiſiez-vous alors ?)

Cela me ſemble du même calibre. Enfin je ſuis ſurpris que les admirateurs du nouveau Poëte ayent pouſſé la flaterie juſqu'à faire grace à ce larcin.

Le Ciel induſtrieux dans ſa triſte vengeance.

L'épithete *triſte* ne me paroît pas convenable, car elle emporte avec ſoy l'idée de *foible*, au lieu que la puiſſance du Ciel doit faire préſumer une action vive, ſur tout dans la vengeance; *cruelle*, au lieu de *triſte*, étoit la veritable épithete ; mais apparemment il en eut trop coûté à l'Auteur de s'affujettir à la juftefse de l'expreffion.

> Le monftre chaque jour dans Thebe épouvantée
> Propofoit une énigme avec art concertée ,
> Et fi quelque mortel vouloit nous fecourir ,
> Il devoit voir le monftre , & l'entendre , ou perir.

Le fens naturel de la conftruction de ce dernier vers , eft de rapporter *l'entendre* à *entendre* ou *oüir* le monftre , au lieu que c'eft *développer le fens de l'énigme* ; or comme le monftre parloit à voix intelligible , & le langage des Thebains , il étoit facile de l'oüir pour éviter l'équivoque & fe rendre intelligible ; l'Auteur ne pouvoit-il dire ,

> *Il devoit expliquer l'énigme, ou bien perir.*

> Nos fages , nos vieillards féduits par l'efperance ,
> Oferent fur la foy d'une vaine fcience
> Du monftre impenetrable affronter le couroux ,
> Nul d'eux ne l'entendit , ils expirerent tous.

Je ne puis paffer l'épithete *impenetrable* eftant fort mal appliquée ; car puifque Oedipe fçut réfoudre l'énigme , elle étoit donc penetrable ; mais pourquoy fe creufer l'efprit à chercher des épithetes impropres , quand on en peut trouver de convenables , telle que *redoutable*. J'en pafferai fous filence quantité d'autres de la même forte qui fe trouvent répanduës dans la piece , de peur de vous fatiguer.

PHILOCTETE.

Tu fçais combien alors mes fureurs éclaterent,
Combien contre Laïus mes plaintes s'emporterent.

Je ne fçai, Monfieur, fi cette façon de parler, figurée, eft de votre goût ; mais franchement elle n'eft pas du mien ; car tous les tranfports de rage & de colere qu'on puiffe fuppofer dans un homme outragé, ne font qu'une fureur, quoique compofée de divers mouvemens, & autant le fingulier (*ma fureur éclata*) me paroît élegant, autant le plurier me paroît intolerable.

mes plaintes s'emporterent.

La plainte entraîne avec foy une idée de langueur oppofée à l'emportement ; je ne fçai fi la licence poëtique autorife à perfonniner la plainte.

Et des lieux fortunez où commence le jour,
Jufqu'aux climats glacez où la nature expire
Je traînois avec moy le trait qui me déchire.

Je vous prie, Monfieur, de vouloir bien me mander fi vous connoiffez *ces climats glacez ou la nature expire* ; pour moy je fuis perfuadé que l'Auteur a mis cette fiction pour la rime feulement ; car puifque Philoctete y a traîné fa paffion pour Jocafte (qui eft le trait qui le déchire) & que neanmoins il n'y a pas laiffé la vie ; n'eft-ce pas une preuve que ces climats n'ont d'exiftence que dans l'imagination du Poëte , autrement il auroit dû faire connoître que le Dieu tutelaire auroit préservé Philoctete d'une mort inévitable.

> Par dix ans de travaux utiles à la Grece
>
> J'ai bien acquis le droit d'avoir une foiblesse.

La pensée me semble fausse , en ce que le droit d'avoir *une foiblesse* ne peut s'acquerir par quelque grand nombre d'exploits glorieux qu'on puisse supposer, même il ne convient point à un Amant qui pour l'ordinaire traite de divinité la personne qu'il aime , de donner le nom de *foiblesse* à l'amour qu'il a pour une Reine dont on prosne la vertu dans toute la piece : cette façon de parler seroit tolerable dans un autre , si la passion de Philoctete le faisoit languir dans un honteux repos , & le déroboit aux actions de gloire qui doivent être l'unique objet d'un Heros.

SCENE III.

OEDIPE.

> Peuples qui dans ce Temple apportant vos douleurs ,
>
> Présentez à nos Dieux vos offrandes de pleurs.

On dit bien *sa douleur le suit par tout* , & *la porter avec soy* ; mais il me semble qu'on ne peut se servir du verbe *apporter*. En faveur de la nouveauté de l'expression , je passerois , *les offrandes* de pleurs , je souhai-

terois même que le credit de Monfieur de
Voltaire s'étendît jufqu'à faire goûter l'al-
liance des rimes breves avec les longues,
comme *couronne* & *trône*, & quelques autres aufli cavalieres qu'il a gliffées dans fon
Oedipe, cela m'encourageroit à faire des
vers; car je ne trouve rien de fi fatiguant
que la rime à laquelle il faut s'affujettir
fcrupuleufement, j'efpere qu'il en abolira
la mode dans le fiecle où nous fommes;
on fe livre affez volontiers à la nouveauté.

> Tel eft fouvent le fort des plus juftes des Rois.

N'eft-ce pas une vraye cheville que la
repetition de l'article *des*, je ne croy pas
que ceux qui fe piquent de bien parler,
veüillent l'admettre, ni dans leurs dif-
cours, ni dans leurs écrits, il eft plus naturel de dire,

> *Tel eft fouvent le fort des plus juftes Rois.*

Mais le vers manqueroit d'une fyllabe.
Dans ce cas, plutôt que de donner la tor-
ture à fon efprit, le Poëte fe croit permis
d'ufer de ce fecours que l'amour propre
fouvent fait regarder comme une élegance.

> Quoy! de la mort du Roy n'a-t-on point de témoins?
> Et n'a-t-on jamais pû parmi tant de prodiges
> de ce crime impuni retrouver les veftiges?

A fuivre le fens litteral, il fembleroit que
parmi des prodiges on devoit indubitable-

ment trouver les vestiges du crime ; quelle absurdité ! De plus, doit-on traitter de prodiges la contagion, la sterilité, la faim & la mort ? Ne sont-ce pas des fleaux ordinaires du couroux celeste ? Les vestiges du crime n'étoient pas difficiles à trouver, puisque Phorbas avoit raconté à Jocaste le lieu où Laïus avoit perdu la vie, & les circonstances du combat ; mais c'est des criminels dont Oedipe veut parler, je trouve que la façon de s'exprimer la plus simple est toujours la meilleure, & je n'aime point un ouvrage qui a besoin de Commentaire : l'Auteur, pour se rendre intelligible, devoit faire dire à Oedipe, *Eh quoy tant de fleaux qui se sont succedez les uns aux autres, & qui ont fait perir tant de Thebains, n'auroient-ils pas dû leur faire entendre que le Ciel vange le meurtre de Laïus qu'ils ont laissé impuni, & les inviter par leur propre interest à faire la recherche des coupables ? A-t-on fait quelques diligences pour les découvrir ?*

OEDIPE à sa Suite parlant de PHORBAS

. . . . . courez, que l'on s'empresse,
Qu'on ouvre sa prison, qu'il vienne, qu'il paroisse,
Moy-même devant vous je veux l'interroger,
J'ay tout mon Peuple ensemble & Laïus à vanger.

Et SCENE V. du II. ACTE.

Mais que Phorbas est lent pour mon impatience.

Et encore à la fin de la même Scene, adreſſant la parole à Hydaſpe,

> Toy, ſi pour me ſervir tu montres quelque ardeur,
>
> De Phorbas, que j'attens, cours hâter la lenteur.

Il eſt ſurprenant qu'un Roy ſoit auſſi mal ſervi dans une cauſe qui intereſſe ſi fort tous ſes Sujets, puiſqu'il s'agit de découvrir le meurtrier de Laïus, & de faire ceſſer les calamitez publiques, en appaiſant la colere des Dieux par la mort du coupable ; deux couriers envoyés l'un aprés l'autre auroient dû hâter l'arrivée de Phorbas qui n'étoit que dans un Château voiſin de Thebes, ainſi que l'a dit Jocaſte dans la III. Scene du I. Acte.

> Dans un Château voiſin conduit ſecretement

En effet la demeure de Phorbas étoit ſi peu éloignée de Thebes, que dans la IV. Scene du III. Acte de Corneille, Dircé la demandant à Jocaſte, elle lui dit :

> . . . . . au pied de cette Roche
>
> Que de ces triſtes murs nous voyons la plus proche.

Mais la raiſon pour laquelle Monſieur de Voltaire rend l'arrivée de Phorbas ſi tardive, & ne le fait paroître qu'à la II. Scene du IV. Acte, c'eſt que le dénouëment de la ſeroit venu trop tôt.

ACTE II. SCENE IV.

OEDIPE diſant à PHILOCTETE qu'on le ſoupçonne d'avoir tué LAIUS, il répond,

Seigneur, fi c'eſtoit moi, j'en ferois vanité,
En vous parlant ainſi je dois être écouté.

Comme il ne paroît pas qu'OEdipe ſoit diſtrait, & manque d'attention à ce que lui dit Philoctete, on peut dire que ce dernier vers n'eſt mis que pour faire nombre, & remplir la rime, il ſemble même qu'il convenoit mieux à Philoctete, pour ſoutenir le caractere hautain qu'on lui attribuë, de répondre, *Seigneur, quand je fais tant que de dire que je ne ſuis pas le meurtrier de Laïus, on doit m'en croire.*

Je n'ay poinr encore veu le mot d'*incle-mence* qui ſe trouve dans la Scene V. vers la fin, vous me feriez plaiſir, Monſieur, de me mander ſi l'Academie Françoiſe l'a adopté & en a enrichi ſon Dictionnaire, ne le trouvant dans aucun.

ACTE III. SCENE III.

OEDIPE A PHILOCTETE.

Je voudrois que perçant un nuage odieux
Dêja vôtre vertu brillât à tous les yeux.

Le *déja* me paroît ſervir uniquement à la meſure du vers ; mais le *brillât à*, je ne le puis digerer, je le trouve dur à la prononciation, & encore plus à la declamation ; en un mot, qu'il ne convient point à la cadence poëtique, je ne voudrois pas même m'en ſervir en proſe ; mais je ne m'apperçois pas qu'infenfiblement je paffe les juftes bornes d'une Lettre; j'aime donc mieux remettre à une autre fois mes réflexions fur le refte de la piece, fi je puis me flatter de ne vous être point à charge, permettez avant que de finir que je vous prie, Monfieur, de me mander fi vous avez lû dans quelque Auteur que *la mort fût un Dieu*, ainfi que le dit Jocafte dans la VI. Scene du V. Acte.

> La mort eft le feul bien, le feul Dieu qui me refte.

Ou fi le Poëte a droit de déïfier ce qu'il lui plaît; obligez-moy de me mander naturellement votre penfée fur tout ce que j'ai l'honneur de vous écrire, vous fçavez la docilité avec laquelle j'ay reçû vos leçons, je n'en aurai pas moins pour vos décifions que je revérerai comme des Oracles; & comme je n'ai envie de faire de peine à perfonne, fi mes remarques venoient à la connoiffance de M. de Voltaire, je vous prie de luy infinuer que c'eft uniquement pour m'inftruire, & non par un efprit de critique que je les ai faites, & que j'ai une finguliere veneration pour fa Mufe naiffante qui promet beaucoup. Je fuis & ferai toute ma vie avec une parfaite eftime & confideration, MONSIEUR,

Votre très-humble & très-obéïffant ferviteur. * * *

A Stockolm *ce* 1 *Avril* 1719.